curiosidad por

# EL PATINAJE ARTÍSTICO

POR KRISSY EBERTH

AMICUS LEARNING

# ¿Qué te causa

2
CAPÍTULO DOS
**Unirse a un club**
PÁGINA
**10**

1
CAPÍTULO UNO
**Prepararse**
PÁGINA
**4**

# curiosidad?

3

CAPÍTULO TRES

**Hacer pruebas y competir**

PÁGINA

**16**

¡Mantén tu curiosidad! . . . . .22

Glosario . . . . . . . . . . . . . . . . .24

Índice . . . . . . . . . . . . . . . . . . .24

Curiosidad por es una publicación de Amicus
P.O. Box 227, Mankato, MN 56002
www.amicuspublishing.us



Editoras: Grace Cain and Megan Siewert
Diseñadora de la serie: Kathleen Petelinsek
Diseñadora de libro y investigación fotográfica: Emily Dietz

Library of Congress Cataloging-in-Publication Data
Names: Eberth, Kristin, author.
Title: Curiosidad por el patinaje artístico / by Krissy Eberth.
Description: Mankato, MN : Amicus Learning, [2025] | Series: Curiosidad por los deportes | Includes index. | Audience: Ages 6-9 years | Audience: Grades 2-3 | Summary: "Conversational questions and answers share what kids can expect when they join figure skating, including what gear to bring, basic jumps and spins, and skating competitions. A Stay Curious! feature models research skills while simple infographics support visual literacy. Includes glossary and index"– Provided by publisher.
Identifiers: LCCN 2023045325 (print) | LCCN 2023045326 (ebook) | ISBN 9781645499589 (library binding) | ISBN 9798892000086 (paperback) | ISBN 9798892000512 (ebook)
Subjects: LCSH: Figure skating–Juvenile literature.
Classification: LCC GV850.4 .E3418 2025 (print) | LCC GV850.4 (ebook) | DDC 796.91/2–dc23/eng/20231025

Photo Credits: Alamy/Buddy Mays, 13; Dreamstime/Volha Yarmolenka, 3, 21; Freep!k/seventyfour, 10–11; Getty/Catherine Ivill, 19, Joosep Martinson, 15; iStock/bgblue, 22, 23, bortonia, 22, 23, Brightrock, 20, JulPo, 7, Liudmila Chernetska, 2, 8, noblige, 5, RichLegg, 9, SeventyFour, 2, 9, 12, simonkr, 16–17, Ulza, 6; Shutterstock/Aija Lehtonen, 15, Iurii Osadchi, 14, Master1305, Cover, 1, Nadezhda Tulatova, 9, Olga Besnard, 15

Impreso en China

# CAPÍTULO UNO

# ¿Cómo aprendo patinaje artístico?

Busca una pista de hielo e inscríbete a las clases. Empezarás con clases grupales. Tu entrenador(a) te enseñará a marchar sobre el hielo. Mantén tus brazos extendidos para equilibrarte. Después, aprenderás a deslizarte, detenerte y dar vuelta. Ya cuando puedas hacer lo básico, podrás tomar clases más avanzads.

¿No tienes patines? No te preocupes. En muchas pistas puedes rentar patines para hielo.

Personas de todas las edades pueden aprender a patinar.

# ¿Qué edad debo tener para practicar patinaje artístico?

Aprender a patinar es más divertido con algún amigo.

¡Cualquier edad! La mayoría de los clubes ofrecen clases para personas de tres años y más. Muchos patinadores empiezan aproximadamente a los cinco o seis años de edad. Tanto los niños como las niñas pueden practicar patinaje artístico. Incluso los adultos pueden aprender. Algunos patinadores aprenden por diversión. Otros patinadores hacen exámenes y compiten.

PREPARARSE

# ¿Qué equipo necesito?

Los patines de patinaje artístico tienen serretas en la cuchilla. Estas ayudan al patinador a realizar habilidades difíciles como saltos y giros.

Vas a necesitar patines de hielo. Asegúrate de que sean de tu medida. Si son demasiado grandes, podrías tropezarte. Si son demasiado pequeños, te lastimarán los pies. Las cubiertas para patines protegerán las cuchillas fuera del hielo. Usa ropa ajustada pero elástica. Esto te ayudará a moverte con facilidad. Algunos principiantes patinan también con un casco.

Una ropa ajustada y unos guantes te mantendrán caliente sobre la pista de hielo.

## CUBIERTAS PARA PATINES

### CUBIERTAS DURAS

- Protege tus cuchillas cuando camines fuera del hielo.
- CONSEJO: No dejes puestas las cubiertas duras si tus patines están húmedos. Las cuchillas se oxidarán.

### CUBIERTAS BLANDAS

- Protege tus cuchillas cuando los metas a una bolsa.
- CONSEJO: Seca tus cuchillas con una toalla después de patinar.

CAPÍTULO DOS

# ¿Dónde practico?

¡En una pista de hielo! Muchas pistas techadas están abiertas todo el año. Únete a un club de patinaje para que puedas practicar con otros patinadores artísticos. También puedes entrenar fuera del hielo. Estirar y hacer ejercicio ayuda a los patinadores a fortalecerse. Toma mucha práctica dominar movimientos difíciles.

**Aprender a equilibrarse sobre un solo pie mientras patinas requiere de práctica.**

Un entrenador privado trabajará con los patinadores más avanzados.

# ¿Quién será mi entrenador(a)?

¡Alguien que haya patinado mucho! Algún adolescente de tu club podría entrenar a patinadores más jóvenes. La mayoría de los entrenadores son profesionales. A medida que aprendas más, podrás tener un entrenador privado. Este te enseñará saltos y giros más difíciles. Creará un **programa** para ti, si quieres competir.

Una entrenadora de patinaje da clases a un grupo de principiantes.

# ¿Cuándo puedo empezar a saltar y a girar?

Primero, asegúrate de saber lo básico. Esto lo practicarás una y otra vez. Con ello construyes memoria muscular y **coordinación**. Tu entrenador(a) sabrá cuándo estás listo para aprender nuevas habilidades. Empezarás con un **salto de vals** y un giro en dos pies. Estos son los fundamentos para habilidades más difíciles.

## TIPOS DE PATINAJE ARTÍSTICO

Individual

¡Los saltos y los giros requieren de mucha práctica!

Por parejas

Baile sobre hielo

Sincronizado

CAPÍTULO TRES

# ¿Cómo son las competencias de patinaje artístico?

Hay música, atuendos y jueces. Competirás contra otros patinadores de tu nivel. Las niñas generalmente usan un vestido de patinaje. Los niños usan pantalones y una camisa. Un grupo de jueces te observará patinar y te calificará. ¡La persona con la puntuación más alta, gana!

**En una competencia, los patinadores usan vestuarios elegantes. Suelen patinar al ritmo de la música.**

# ¿Cómo paso a niveles más avanzados?

¡Haces un examen! Cada nivel tiene habilidades más difíciles. Tu entrenador(a) te ayudará a prepararte para el examen. En un examen, un grupo de jueces observa tus habilidades o tu programa. Ellos deciden si apruebas. ¡Es emocionante avanzar de nivel!

**¿SABÍAS QUE...?**

**Algunos patinadores artísticos se aprenden diferentes programas para competencias, exámenes y espectáculos. ¡Son muchas cosas para recordar!**

Patinar frente a un juez te permite mostrar lo que has aprendido.

# ¿Qué más puedo hacer además de competir?

Actuar en un espectáculo sobre hielo es una parte divertida de patinar.

Muchos clubes tienen un espectáculo o **recital**. Se realiza al final de la temporada. Los patinadores pueden actuar en grupos pequeños o en grupos grandes. Algunos clubes hacen espectáculos con personajes y cuentan un cuento. ¡Esta es una gran manera de celebrar tu trabajo duro!

## ¿SABÍAS QUE...?

¡Algunos patinadores artísticos nunca saltan! Ellos hacen **baile sobre hielo**. Los califican por su presentación de piernas, levantamientos y giros.

Dos jóvenes patinadores ejecutan un programa de baile sobre hielo.

# ¡MANTÉN TU CURIOSIDAD!

## HAZ MÁS PREGUNTAS

**¿Cuál es el nivel más avanzado de examen?**

**¿Cómo sé si soy diestro o zurdo para patinar?**

**Prueba con una PREGUNTA GRANDE: ¿Es el patinaje artístico más fácil o más difícil que otros deportes?**

## BUSCA LAS RESPUESTAS

**Busca en el catálogo de la biblioteca o en el Internet.**
Pueden ayudarte tus padres, un bibliotecario o un maestro.

**Usar palabras clave**
Busca la lupa.

**Las palabras clave son las palabras más importantes de tu pregunta.**

**Si quieres saber sobre:**

- el nivel más avanzado de examen, escribe: NIVEL MÁS AVANZADO DE PATINAJE ARTÍSTICO
- de qué lado patinar, escribe: LATERALIDAD EN EL PATINAJE ARTÍSTICO

# GLOSARIO

**coordinación** La capacidad para mover bien o con facilidad diferentes partes de tu cuerpo al mismo tiempo.

**danza sobre hielo** Un tipo de patinaje donde un equipo de dos personas realizan movimientos que parecen baile de salón sobre hielo.

**programa** Una actuación que sigue la música y muestra las habilidades de un patinador a través de varios movimientos planeados que fluyen en conjunto en una secuencia elegante.

**recital** Un baile o presentación musical por un solo patinador o por un grupo de patinadores.

**salto de vals** Un medio giro hacia delante que comienza despegando sobre un pie y aterrizando sobre el otro pie.

# ÍNDICE

clases grupales, 4, 7
clubes, 7, 11, 12, 20
competencias, 7, 12, 17, 18
cubiertas para patines, 8, 9
entrenadores, 4, 12, 13, 14, 18
giros, 8, 12, 14, 15, 21
jueces, 17, 18, 19, 21
niveles, 17, 18
patines, 5, 8
pistas, 4, 5, 9, 11
programas, 12, 18, 20, 21
pruebas, 7, 18
recitales, 20
saltos, 8, 12, 14, 15

## Acerca de la autora

Krissy Eberth es ex profesional del patinaje artístico y dos veces medallista de oro en patinaje artístico para Estados Unidos. Cuando no está en su escritorio, se la puede encontrar esquiando, practicando senderismo o recorriendo en bicicleta los caminos del norte de Minnesota.